엘르 시리즈 1

키드 투생 글
아블린 스토카르 그림
이보미 옮김

Elles 1 - La nouvelle(s)
© ÉDITIONS DU LOMBARD (DARGAUD-LOMBARD S.A.) 2021, by Kid Toussaint, Stokart
www.lelombard.com
All rights reserved

이 책의 한국어판 저작권은 저작권사와의 독점 계약으로 ㈜다산북스에 있습니다.
저작권법에 의해 한국 내에서 보호를 받는 저작물이므로 무단 전재 및 복제를 금합니다.

몬스터들 등장!

아이스크림 때문에 머리가 띵!

피자 타임!

화창한 날, 완전 타 버린 우리

오티스
접속 중

오늘

엘르,
아까 왜 그렇게 빨리 갔어?

내가 도울 일 있으면
언제든 말해!

진짜로.

...

친구로서 하는 말이야.

...

아까는 정말 미안해.
내가 오버했어.

그냥 다 잊어 줘. 😊
알았지?

으, 엘르!
왜 대답이 없어?! 😣

앨리스
활동 중   21:10

너 오티스랑 사귄다며? 나한테
말도 안 해 주고, 너무해!

뭐?! 누가 그래?

파리드가!

위이이 이이잉 위이이잉

보시다시피 이 청소기는
흡입력이 국내 최고랍니다.

근데 좀 시끄럽네요.

파리드
활동 중 21:17

- 도대체 무슨 얘길 한 거야?
- 그냥 인생 얘기지. 우리의 삶 같은…
- 나 오티스랑 안 사귄다고!
- 그래, 그래. 나도 아이언맨이랑 안 사귄다. 인생에서 원하는 걸 모두 가질 순 없는 법이지!
- 하, 근데 나랑 오티스 얘기는 누구한테 들었어?

코알라들
린, 파리드, 앨리스, 오…

린 님이 '코알라들' 단체방을 개설했습니다.

- **린**: 얘들아, '고등 셰프' 몇 번이야? 파리드가 12번이랬는데 안 하네.
- **파리드**: 사피아가 그러는데, 쥬스틴이 너희를 봤대.
- **린**: 쥬스틴 말은 믿으면 안 되지. 너희도 알잖아. 아무튼 몇 번이라고?
- 거 봐, 쥬스틴 말은 믿지 말라잖아.
- **오티스**: 미안해.
- **린**: 별일 아니니까 그냥 무시해. 그나저나 몇 번이냐니까?
- **앨리스**: 린, 12번 맞아. 근데 '고등 셰프'는 저녁 7시야. 이미 끝났어.
- **앨리스**: 파리드! 너 입조심 좀 해야겠다.
- **파리드**: 😶

아아아앙!

— 뭐라고요?

— 청소기가 시끄럽대요.

드디어 잠들었네.
오늘 참 힘든 하루였지?

그래, 이거야.

엘르… 아니 로즈,
여기가 네 안식처구나.

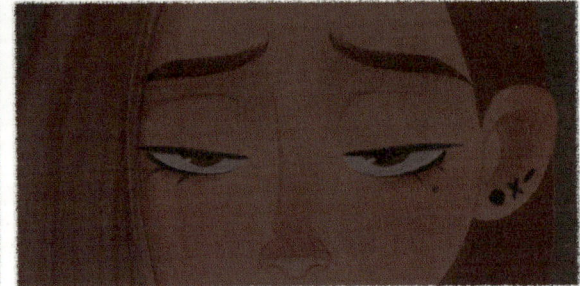

게다가 우리 매력쟁이 오티스마저 엘르한테 정신을 못 차리고 있지.

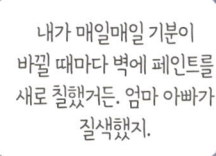

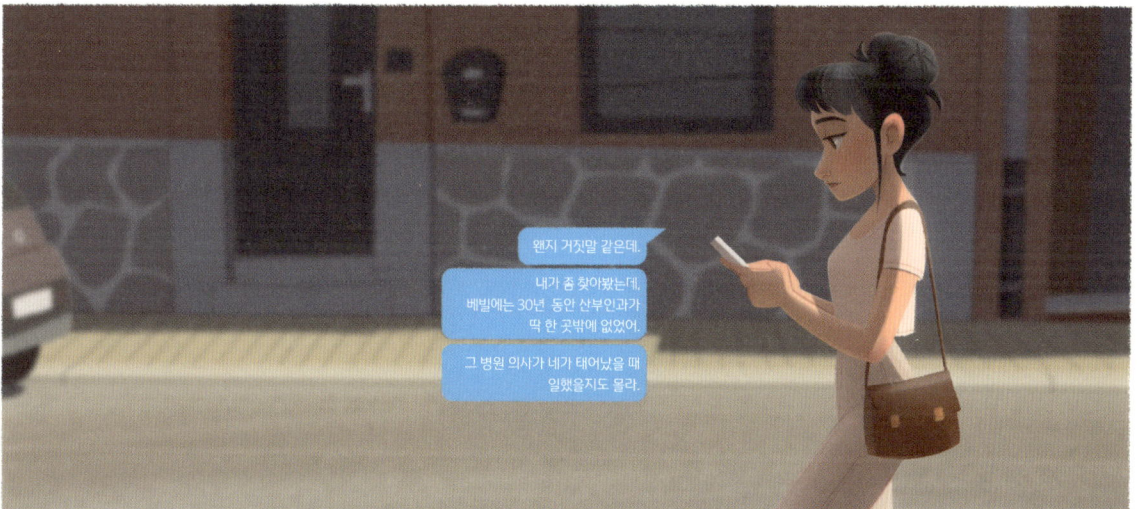

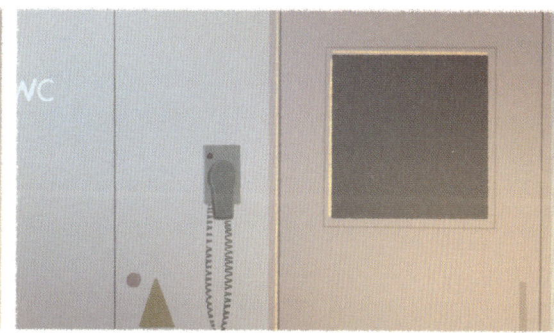

삑-
승객 여러분, 기관사입니다.
검은색 바탕에 흰색 줄무늬 티셔츠를 입은 테러리스트를 찾고 있습니다.

이 테러리스트는 기타를 연주하며
세레나데를 부른 혐의를 받고 있습니다.
게다가 뮤직비디오까지 만들어서

팔로워 7명에게 퍼뜨린 혐의를 받고 있습니다.
이 사람을 발견한 승객은…

승무원에게 알려 주시면
감사하겠습니다.

2권에서 계속됩니다.

Love

이름: 로즈

좋아하는 음료: 물이 최고야!

절친: 앨리스

장래 희망: 요가 강사?

무인도에 가져가고 싶은 것: 내 친구들을 다 데려가서 파티를 열 거야!

패션 스타일: 티셔츠랑 청바지

마지막으로 하고 싶은 말: 우리 피자 먹으러 가자!

LOL

이름: 퍼플

좋아하는 음료: 바나나 우유 아니면 제로 콜라

절친: 내 친구가 네 친구고, 네 친구가 내 친구지!

장래 희망: 장래에도 희망이 넘쳐 나겠지!

무인도에 가져가고 싶은 것: 무인도도 혼자 외로울 테니까, 또 다른 무인도를 가져가겠어!

패션 스타일: 집히는 대로 입지.

마지막으로 하고 싶은 말: 이 모든 정보는 강압과 고문에 이기지 못하고 썼다!

Silence

이름: 그린

좋아하는 음료: 비밀이야.

절친:

장래 희망:

무인도에 가져가고 싶은 것:

패션 스타일:

마지막으로 하고 싶은 말:

엘르 시리즈 1
나를 찾아서

초판 1쇄 인쇄 2024년 6월 18일
초판 1쇄 발행 2024년 6월 26일

글 키드 투생
그림 아블린 스토카르
옮김 이보미

펴낸이 김선식
펴낸곳 다산북스

부사장 김은영
어린이사업부총괄이사 이유남
책임편집 박슬기 **디자인** 차다운 **책임마케터** 박상준
어린이콘텐츠사업4팀장 강지하 **어린이콘텐츠사업4팀** 최방울 차다운 최유진 박슬기
마케팅본부장 권장규 **마케팅3팀** 최민용 안호성 박상준 송지은 김희연
편집관리팀 조세현 김호주 백설희 **저작권팀** 한승빈 이슬 윤제희 **제휴홍보팀** 류승은 문윤정 이예주
재무관리팀 하미선 윤이경 김재경 이보람 임혜정
인사총무팀 강미숙 지석배 김혜진 황종원
제작관리팀 이소현 김소영 김진경 최완규 이지우 박예찬
물류관리팀 김형기 김선민 주정훈 김선진 한유현 전태연 양문현 이민운

출판등록 2005년 12월 23일 제313-2005-00277호
주소 경기도 파주시 회동길 490
전화 02-704-1724 **팩스** 02-703-2219
다산어린이 공식 카페 cafe.naver.com/dasankids
종이 아이피피 **인쇄 및 제본** 정민문화사 **코팅 및 후가공** 평창피앤지

ISBN 979-11-306-5311-2 (47860)
979-11-306-5310-5 (세트)

+ 책값은 뒤표지에 있습니다.
+ 파본은 본사와 구입하신 서점에서 교환해 드립니다.
+ 이 책은 저작권법에 의하여 보호를 받는 저작물이므로 무단 전재와 복제를 금합니다.